KB197224

Brave Rina

I'm still timid, but when I was a child, I was terribly worse than now. So, mischievous boys always made fun of me. They suddenly slapped my back from behind. They even placed a rubber spider on my neck, and it made me almost faint.

I have had habitual nightmares when I sleep at night. Also, I was in affliction when I read a story about Dracula and Tutankhamen. When I woke up from a nightmare, I felt that I would be caught by the horrible existence of darkness. Therefore, I used to pretend to be asleep for hours trembling with fear and couldn't go to my mom and dad.

If you hear this kind of story, you may say: "That's right! So do I!"

But some of my friends say that I'm brave because I seldom worry about my life, and no matter what people say, I have been doing everything I want.

Therefore, people are not always cowards. Although a person looks brave, he or she sometimes fears something unexpected.

People are not simple. A lyric from a song says, "There are so many identities inside me." Yes, it's true. Please don't say "This is me," and don't make a conclusion about yourself firmly because so many different people you don't know are living inside you.

And don't make fun of your timid friends. To be timid is not a bad thing, and it's not the only character of a person.

I am very glad to launch *Rina, Timid Crybaby, but Simultaneously Really Brave Little Girl in the World*. I hope Rina can be a good friend for you. Especially for timid friends like me.

세상의 모든 겁쟁이 소녀에게 바칩니다.

바우솔 작은 어린이 24

용감한 리나
Brave Rina

개정판 1판 1쇄 | 2023년 3월 15일
초판 1쇄 | 2015년 10월 19일

글 | 이경혜
그림 | 주리

펴낸이 | 박현진
펴낸곳 | (주)풀과바람
주소 | 경기도 파주시 회동길 329(서패동, 파주출판도시)
전화 | 031) 955-9655~6
팩스 | 031) 955-9657
출판등록 | 2000년 4월 24일 제20-328호
블로그 | blog.naver.com/grassandwind
이메일 | grassandwind@hanmail.net

편집 | 이영란
디자인 | 박기준
마케팅 | 이승민

ⓒ 글 이경혜 · 그림 주리, 2023

이 책의 출판권은 (주)풀과바람에 있습니다.
저작권법에 의해 보호를 받는 저작물이므로 무단 전재와 복제를 금합니다.

값 11,000원
ISBN 978-89-8389-113-6 73810

※ 잘못 만들어진 책은 구입처에서 바꾸어 드립니다.

제품명 용감한 리나 | **제조자명** (주)풀과바람 | **제조국명** 대한민국
전화번호 031)955-9655~6 | **주소** 경기도 파주시 회동길 329
제조년월 2023년 3월 15일 | **사용 연령** 8세 이상
KC마크는 이 제품이 공동안전기준에 적합하였음을 의미합니다.

⚠ **주의**

어린이가 책 모서리에
다치지 않게 주의하세요.

바우솔 작은 어린이 24

용감한 리나

이경혜 글 ┃ 주리 그림

바우솔

머리글

이 책을 처음 받아들고 가슴이 뛰었던 기억이 난다. 표지를 비롯한 책에 담긴 그림들이 너무 아름다웠기 때문이었다. 내가 짧게 썼던 글이 아름다운 그림들과 함께 한 권의 책으로 태어난 것이 기적처럼 느껴졌다. 더구나 책 속의 리나와 나리 쌍둥이 자매는 마치 그 그림을 보고 글을 쓴 것처럼 여겨질 정도로 내가 생각한 그대로의 모습이었다.

8년이 흘러 이 책이 새로운 표지로 꾸며진다니, 세월이 흘러 멋진 새 옷으로 갈아입는 것만 같아서 더욱 설레는 마음이다.

《용감한 리나》가 처음 나온 2015년을 새삼 되돌아보니 한 장면이 떠오른다. 그때 나는, 작가들의 창작 역량을 높이기 위해 해외에 보내 주는 정부의 프로그램에 뽑혀서 스웨덴에 가 있었다. 10월부터 12월까지 석 달의 시간이 꿈처럼 흘러갔고, 크리스마스 무렵 스웨덴 동화 작가들의 파티에 초대받았다.

파티에 자기 책을 한 권씩 가져오라고 해서 나는 마침 두 달 전에 나온 이 책을 들고 갔는데, 알고 보니 그렇게 가져온 책들을 커다란 자루에 넣고 무작위로 한 권씩 뽑아 책의 한 구절을 낭독하는 순서가 있었다. 내 책을 뽑은 작가는 난생처음 보는 한국어를 읽을 수가 없어 어깨를 으쓱하며 이 어여쁜 책의 그림만을 넘기며 보여 주었다. 나도 어떤 작가의 그림책을 뽑았는데, 스웨덴어를 몰라 읽을 수 없었다. 그러나 이 책 앞이었기에 나는

용기를 냈다. 다행히 스웨덴어 글자는 영어의 알파벳과 비슷했기에 그간 살며 조금 깨친 요령으로 간신히 더듬거리며 낭독했다. 마음 따뜻한 그곳 작가들은 먼 나라 작가의 서투른 낭독에 박수를 보냈다. '용감한 겁쟁이 리나'도 함께 손뼉을 쳐 주었을 것이다.

지금도 이 책을 대하면 그날의 풍경이 떠오른다. 멀고 낯선 나라에서 보낸 그 시간 동안, 리나 못지않게 겁 많은 나 또한 용기를 끌어내야 했던 많은 순간이 있었다. 그럴 때마다 리나가 보이지 않는 격려를 해 주는 것만 같았다.

리나가 책 밖에 나와 자랐다면 고등학생이 되었을 시간이 흘렀다. 겁쟁이였지만 누구보다 제 속의 용기를 끌어낼 수 있었던 리나는 섬세하면서도 당당한 소녀가 되었으리라. 책 속에서는 여전히 겁 많은 초등학교 3학년 학생으로, 그러나 가장 힘든 순간에 자기만의 방식으로 누구보다 용감한 일을 해내는 소녀로 남아 있지만.

처음 책을 낼 때도 그랬지만 이 책이 겁 많고 수줍은 친구들에게 위로가 되면 좋겠다. 리나처럼 극적인 용기를 보이지 못해도 괜찮다. 겁이 많은 것도 한 사람의 개성이고, 특징이니 굳이 바꿔내지 않아도 된다. 겁이라곤 없는 씩씩한 친구들도 이 책을 통해 겁 많은 친구들을 좀 더 이해하게 되어 짓궂게 대하지 않기를 바란다.

새로이 책을 만드느라 애써 주신 '풀과바람' 모든 식구와 이번에도 멋진 그림을 그려 주신 주리 선생님께 다시 한번 깊은 감사를 드린다.

눈 쌓인 거리를 바라보며 이경혜

차례

리나, 웅변 캠프에 가다

"정재원!"

"네!"

"김민솔!"

"네!"

캠프 선생님이 출석을 부른다. 누가 웅변 캠프에 온 학생들 아니랄까 봐 하나같이 대답 소리가 우렁차다. 아까부터 리나 의 가슴은 콩닥콩닥 뛴다.

언니 이름에 시치미 떼고 대답할 일만으로도 가슴이 터질 것 같은데, 다른 아이들처럼 큰 소리까지 내야 한다고 생각하니 입술까지 바작바작 탄다. 드디어!

"최나리!"

대답해야 한다. 큰 소리로! 그런데 목구멍에 돌멩이가 끼어 있는 것처럼 소리가 안 나온다!

"최나리! 최나리!"

선생님은 몇 번이나 '최나리'를 부르며 학생들 얼굴을 둘러본다. '최나리'는 리나의 쌍둥이 언니 이름이다. 리나는 언니 대신 이곳에 왔으니, 반드시 대답해야 한다.

리나는 간신히 입을 연다.

"네!"

기어들어가는 작은 목소리다.

"왜 이제야 대답해? 3학년이나 되어서 목소리가 그것밖에 안 나와? 그래서 무슨 웅변을 한다고! 자, 다시 대답해 봐. 최나리!"

리나는 온몸에서 쥐어짜듯이 힘을 모아 소리를 지른다.

"네!"

그래도 리나의 목소리는 고양이 울음소리만도 못하다. 선생님은 다시 재촉한다.

"한 번 더! 최, 나, 리!"

리나의 눈에는 벌써 눈물이 그렁그렁하다. 눈물을 참으려니 목소리가 더 안 나온다. 간신히 다시 한번 소리를 지른다.

"네!"

나아진 게 없다. 아이들이 리나를 쳐다본다. 진땀이 쫙쫙 배어 나온다. 부끄러워 얼굴이 화끈화끈 달아오른다.

어떻게든 큰 소리를 내서 빨리 이곳을 벗어나고만 싶다. 어딘가에 꼭꼭 숨어 엉엉 울고만 싶다.

이런 끔찍한 곳으로 자기를 대신 보낸 나리 언니가 너무 밉다.

"자, 마지막으로 한 번만 더! 최나리!"

선생님은 버럭 소리를 지른다.

"네!"

리나는 비명을 지르듯 소리를 꽥 지르고는 눈물을 터뜨리고 만다. 아이들은 눈이 둥그레져서 리나를 바라본다.

리나는 당장 책상이나 의자로 변해 버리고 싶다. 다시는 엄마 아빠도 못 만나고, 맛있는 음식도 못 먹고, 예쁜 옷도 못 입고, 친구들과 놀지 못한대도 좋다. 지금 이 자리에서 감쪽같이 사라질 수만 있다면!

　모두 자기를 바라보니 리나는 마음대로 울지도 못한다. 겨우 눈물을 닦고 울음을 그친다. 선생님도, 아이들도, 동물원의 하이에나라도 보듯 리나를 바라본다.

　"내가 10년 동안 웅변 캠프를 해 왔지만, 출석 부르다 우는 애는 네가 처음이다."

　선생님이 어이없다는 듯 말한다. 아이들도 킥킥거리며 웃는다. 얼굴이 빨개진 리나는 말없이 고개만 푹 숙인다.

나리 언니, 미워!

"따르르르릉!"

점심 종이 울리자 아이들은 환성을 지르며 식당으로 달려간다. 우르르 몰려가는 아이들을 바라보던 리나는 터덜터덜 뒷마당으로 걸어간다. 뒷마당에는 다행히 아무도 없다.

리나는 나무 밑 그늘에 쪼그리고 앉는다.

"미워! 미워! 나리 언니도 밉고, 애들도 다 싫어! 선생님도 싫어!"

리나는 무릎에 얼굴을 파묻고 흐느낀다. 소리 내서 울면 누가 듣고 달려올까 봐 소리도 못 낸다.

리나는 오전 내내 지적을 받았다. 웅변 캠프에 온 아이들은 나리 언니처럼 하나같이 씩씩하고, 목소리도 크고, 자기 생각을 똑 부러지게 말했다. 리나처럼 부끄럼쟁이에, 목소리도 작고, 겁도 많은 아이는 한 명도 없었다.

학교에서 리나는 칭찬만 받았다. 언제나 선생님 말씀을 잘 들었으니까. 그런데 여기서는 야단만 맞고 창피만 당했다.

이런 지옥 같은 곳으로 자기를 밀어 넣은 언니가 너무 밉다. 하지만 가장 미운 건 최리나, 바로 자신이다. 아무리 언니가 캠프를 바꿔 가자고 졸랐어도 끝까지 들어주지 않았으면 이런 일은 없었을 테니까.

웅변대회만 나갔다 하면 상을 타오는 나리 언니가 캠프를 바꿔 가자고 한 건 리나가 가기로 한 미술 캠프에 승우가 온다는 정보 때문이었다.

승우는 언니가 홀딱 빠져 있는 남자애다. 승우랑 친해지려면 이 기회를 놓쳐서는 안 된다는 게 언니의 주장이었다.

"리나야, 한 번만, 응? 한 번만 바꿔 가자, 제발 부탁이야."

언니는 며칠을 따라다니며 졸랐다.

"싫어! 내가 어떻게 웅변 캠프에 가? 애들 앞에서 말도 잘하지 못하는 내가?"

"그냥 시키는 대로만 하면 돼. 제발! 응? 제발!"

언니는 한번 마음먹은 일은 끝까지 물고 늘어져서 기어이 이기고야 만다. 그래서 리나는 그동안 늘 언니한테 져왔다.

마음에 드는 옷을 양보하거나 보고 싶은 TV 프로그램을 못 본 일은 셀 수 없이 많았다. 심지어는 언니가 싫어하는 미술 시간에 교실을 바꿔서 들어가 준 적도 있었다.

리나와 나리 자매는 찍어 놓은 듯 똑같이 생겨서 머리 모양을 똑같이 하고, 옷만 바꿔 입으면 엄마 아빠도 알아채지 못할 정도니까 그럴 수 있었다.

그때 언니는 신신당부했다.

"너, 적당히 그려야 해. 너무 잘 그리면 들킨단 말이야. 내 실력 알지? 딱 내 실력 정도만 그려."

그림을 잘 그리고, 그림 그리기를 좋아하는 리나에게 나리 언니처럼 서툴게 그리는 일은 오히려 어려웠지만, 그래도 그건 잘하는 걸 못하는 척하는 거니 할 수 있었다.

그런데 못하는 걸 잘하는 척할 수는 없지 않나?

늘 져 주던 리나였지만, 이번만은 절대 양보할 수 없었다. 웅변 캠프에 닷새 동안 가는 일이라니, 생각만 해도 끔찍하고 두려웠다.

그러나 나리 언니는 리나를 졸졸 쫓아다니며 날마다 졸라 댔다.

"리나야, 한 번만
이 언니 부탁을 들어줘.
그 은혜는 평생 안 잊을게."

"미술 시간은 그렇게 싫어하더니 이젠 미술 캠프에 가겠다
고 야단이야?"

"그러니까 내가 오죽하면 이러겠니? 사랑이 죄다, 사랑이
죄야. 흑흑."

　하지만 그렇게 애걸복걸 졸라도 리나가 들어주지 않자 언니는 비난을 퍼부어댔다.

　"너, 어떻게 이럴 수가 있니? 하나밖에 없는 언니의 소원을 이렇게 안 들어줄 수가 있어? 너, 정말 못됐다!"

　그래도 리나가 버티자 나중에는 협박까지 했다.

　"내 말을 안 들어주면 난 병에 걸려 죽을지도 몰라. 그러면 넌 평생 괴로워하며 살걸."

마음 여린 리나에게 그런 협박은 몹시 괴로웠다. 그럴 리는 절대 없겠지만, 혹시라도 나리 언니가 미술 캠프에 못 가서 아프기라도 하면 리나는 정말 못 견딜 것 같았다. 하지만 아무리 그래도 웅변 캠프에 가는 건 너무 무서웠다.

그런데 그 협박을 끝으로 나리 언니가 조르기를 딱 멈춘 것이다. 언니는 언니답지 않게 입을 꾹 다물고 리나가 투명인간인 것처럼 본체만체했다.

날마다 눈만 뜨면 들볶던 언니가 막상 아무 말 없이 조용해지자 리나는 오히려 겁이 났다. 언니가 협박하던 말도 귓전에 맴돌았다.

'내 말을 안 들어주면 난 병에 걸려 죽을지도 몰라. 그러면 넌 평생 괴로워하며 살걸. 내 말을 안 들어주면 난 병에 걸려 죽을지도 몰라…….'

리나는 언니가 병에 걸려 죽는 꿈을 사흘 밤 내리 꾸었다. 얼마나 울었는지 아침마다 눈이 퉁퉁 부었다.

꿈속에서도 언니가 왜 병에 걸렸는지 아무도 몰랐기 때문에 리나를 욕하는 사람은 없었다. 하지만 리나만은 언니가 아픈 이유를 알았기에 혼자 엉엉 울며 후회하다가 깨곤 했다.

그렇게 사흘 밤이나 비슷한 꿈을 꾸고 난 아침, 리나는 쿨쿨 자고 있는 나리 언니를 흔들어 깨우고 말았다.

"언니, 내가 웅변 캠프 갈게."

다 죽어 가는 환자처럼 힘없이 뱉는 리나의 말에 "야호!" 하며 자리에서 뛰어오르는 언니가 얼마나 얄밉던지!

그날 아침을 생각하자 리나는 그런 말을 한 자기 입을 꿰매 버리고 싶다. 절대 그러지 말았어야 했는데! 꿈은 꿈일 뿐인데! 그 튼튼한 언니가 그깟 일로 앓아눕는 일은 절대로 없을 텐데!

'속상해! 속상해! 그때 조금만 더 버텼어야 했는데! 왜 이렇게 나는 마음이 약할까? 겁도 많고…… 나는 바보 같아.'

생각할수록 리나는 자신이 한심하게 여겨진다.

수줍은 성격 탓에 수업 시간에 아는 문제가 나와도 대답도 못 하고, 친구들과도 잘 친해지지 못해 늘 언니 뒤만 졸졸 따라다니고, 언니가 졸라대면 싫더라도 결국은 지고 마는 자신!

"어쩌면 너희는 쌍둥이인데도 이렇게 정반대니? 얼굴은 완전 국화빵이면서!"

사람들은 나리와 리나를 보면 언제나 신기해했다. 나리 언니는 말도 잘하고, 똑똑하고, 씩씩했다. 말싸움을 해도 지는 법이 없고, 무엇이든 척척 겁 없이 잘 해냈다.

언니가 이곳에 왔다면 누구보다도 씩씩하게 잘 해냈을 게 분명하다. 리나는 이렇게 첫날부터 야단맞고, 혼자 울고 있지만 말이다.

아직도 캠프가 끝나려면 멀었다. 리나는 숨이 콱 막힌다. 과연 남은 날들을 어떻게 보내야 할지 눈앞이 캄캄하다.

리나의 꿈은 책방 주인

점심시간이 끝나자 '목청 틔우기 훈련'을 하러 모두 계곡으로 갔다. 시원한 계곡에 모여 물에 몸을 담근 채, 목청껏 소리를 지르는 훈련이다.

날씨가 푹푹 쪄서 다들 물에 뛰어들고 싶어 어쩔 줄 모르던 참이라 아이들은 신이 나서 물속에서 텀벙거리며 소리를 꽥꽥 질러댄다.

리나도 물에 뛰어들어 신나게 놀고 싶지만 친한 친구도 없고, 큰 소리로 떠드는 아이들 틈에서 기가 죽어 혼자 멀뚱히 서 있을 뿐이다. 점심도 걸러서 배도 고프고, 기운도 없다.

"자, 이제 여기 1조부터 차례로 줄을 선다! 하나둘! 하나둘!"

아이들은 선생님의 구령에 맞추어 물속에서 줄을 선다. 리나는 살살 눈치를 보며 맨 끝줄 구석 자리로 간다. 그래야 뭘 시켜도 가장 나중에 할 수 있다.

"어때? 시원하지?"

선생님이 큰 소리로 묻자 아이들도 질세라 큰 소리로 대답한다.

"네!"

리나는 고막이 찢어질 것 같다.

'얘네는 귓속말을 할 줄 알까? 이렇게 늘 소리만 질러대니!'

혼자 속으로만 투덜거린다.

"자, 오늘은 시원한 물속에서 각자의 꿈을 외쳐 본다. 하늘을 나는 새들이랑 숲속 나무들이랑 물속 고기들이 다 들을 수 있게 큰 소리로 꿈을 외친다! 그럼 첫 줄부터 시작!"

선생님은 또 이상한 얘기를 한다. 왜 자기 꿈을 크게 소리쳐야 하지? 왜 새나 나무나 물고기가 놀라게 소리를 질러야 하지?

리나의 눈에는 이 캠프에서 일어나는 일들이 다 이상하기만 하다. 아이들은 숲이 떠나가라 커다란 소리로 외치기 시작한다.

"나는 대통령이 될 거다!"

"나는 치과 의사가 될 거다!"

"나는 자동차 공장 사장이 될 거다!"

아닌 게 아니라 새들이 놀라서 푸드덕거리며 날아오르고, 발밑의 물고기들도 마구 내뺀다.

점점 순서가 다가오니 리나는 또 심장이 오그라든다. 이 캠프에 이대로 있다가는 심장이 남아나지 않겠다.

사실 리나의 꿈은 책방 주인이다. 작고 예쁜 책방을 만들어서 좋아하는 책만 팔고 싶다. 음악도 틀어 놓고, 커피도 대접하는 아늑한 카페 같은 책방!

창가에는 제라늄 화분을 늘어놓고, 고운 커튼도 쳐 놓고, 흔들의자도 놓아둘 거다.

그곳에는 리나만의 공간도 있다. 리나가 가장 좋아하는 파란색 책장을 놓아둘 거다. 책장에는 '절대 팔지 않습니다'란 글을 붙여 놓고, 자기가 읽은 책 중에서 최고로 좋아하는 책만 꽂아 놓을 테다.

리나는 심심할 때마다 그 책방의 모습을 종이 위에 그려 보기도 하고, 책을 읽고 감동하면 나중에 그 책방에 놓기 위해 책을 소중하게 간직하기도 했다.

하지만 그런 꿈을 여기서 어떻게 말한단 말인가. 그런 얘기를 하면 애들은 당장 비웃을 게 뻔하다.

무엇보다 그냥 '책방 주인'이란 말에는 리나가 생각하는 아름다운 '꿈의 책방' 모습이 들어 있지 않다.

그리고 그렇게 한마디로 크게 외쳐 버리면 무언가 자신의 꿈에 대해 나쁜 짓을 한 듯한 기분이 들 것 같다. 그럼 도대체 어떻게 해야 할까?

'그래, 내 소중한 꿈을 여기서 막 말해 버리긴 싫어. 아무거
나 다른 꿈을 갖다 대야지.'

그런데 무슨 꿈을 말해야 애들이 놀리지 않을까? 리나가 어
떤 꿈을 말하건 목소리도 작은 한심한 애가 그런 꿈을 이루겠
느냐고 다들 코웃음만 칠 것 같다.

아이들은 여전히 꽥꽥 소리를 질러댄다. 매미 소리에도, 물소리에도 절대 지지 않는다.

"나는 변호사가 될 거다!"

"나는 재벌이 될 거다!"

"나는 연예인이 될 거다!"

어느새 리나가 서 있는 마지막 줄 차례가 되고, 마침내 리나 옆자리까지 차례가 온다.

그제야 리나는 고개를 돌려 옆을 본다. 머리를 바가지같이 잘라 개구쟁이처럼 보이는 남자아이가 서 있다. 그 아이도 입을 크게 벌리더니 산이 떠나가라 소리를 지른다.

"나는 청소부 아저씨가 될 거다!"

아이들이 "와!" 웃음을 터뜨린다. 하긴 거창한 직업들만 쭉 나오는데 청소부란 직업은 뜻밖이긴 하다.

리나도 웃는다. 하지만 리나가 웃은 건 '청소부 아저씨'란 말 때문이었다. 굳이 '아저씨'를 붙인 게 웃겼다. 아무도 자기 꿈에 아저씨니, 아줌마니 그런 말을 붙이지 않는다. 의사 아저씨? 변호사 아줌마? 그런 말은 웃기지 않나?

리나와는 달리 다른 아이들은 청소부란 직업을 꿈으로 말한 게 웃겼는지 그 아이를 놀려댄다.

"청소부래! 청소부가 되는 게 꿈이래!"

아이들의 웃음소리가 가라앉자 선생님이 묻는다.

"장호의 꿈은 아주 독특하구나. 남다른 꿈을 가지고 있으니까 이유를 물어봐도 될까? 왜 청소부가 되고 싶니?"

그러자 장호는 여전히 큰 소리로 군인처럼 씩씩하게 대답한다.

"네! 저는 청소를 진짜 잘합니다. 그리고 청소부 아저씨가 입는 노란색 형광 조끼가 멋집니다!"

아이들은 또 참지 못하고 웃음을 터뜨린다.

"형광 조끼가 멋지대, 형광 조끼가 멋지대, 으하하하!"

장호는 그런 아이들을 향해 넉살 좋게 두 손가락으로 브이(V) 자까지 만들어 보여 준다. 선생님도 활짝 웃으며 말한다.

"장호는 멋진 조끼를 입고 온 거리를 깨끗이 만들겠다는 착

한 꿈을 가지고 있네! 박수!"

아이들은 선생님이 시키는 대로 손뼉을 친다. 박수 소리 속에서 장호는 혼자 중얼거린다.

"뭐, 온 거리를 깨끗이 만들 생각은 없는데……. 그냥 우리집 앞이나."

그 소리를 옆에서 듣고 리나는 소리 죽여 킥킥 웃는다. 그러느라 리나는 제 순서가 왔다는 것도 깜빡 잊는다. 선생님이 리나를 보며 말한다.

"자, 그럼 마지막 순서! 나리도 자기 꿈을 외쳐 봐! 큰 소리로! 알았지?"

리나는 당황했지만 장호 덕분에 제 꿈을 말할 용기가 조금 생겼다.

"나, 나는 책방 주인이 될 거다!"

물론 또 리나의 목소리는 작아서 반대편 아이들이 투덜댄다.

"뭐라는 거야? 쟨 뭐가 된대?"

리나의 얼굴이 빨개진다. 그러자 장호가 큰 소리로 대신 말해 준다.

"책방 주인이 된대!"

장호의 큰 목소리 덕분에 다들 리나의 꿈을 알게 되었다. 하지만 청소부 꿈 덕분인지 리나의 꿈에 대해선 아무도 웃음을 터뜨리지 않는다. 대신 아이들은 웅성거린다.

"책방 주인? 책 파는 사람? 쟨 하여튼 이상해."

아이들의 말에 리나는 속으로만 중얼거린다.

'그냥 책방 주인이 아닌데…….'

리나는 선생님이 왜 책방 주인이 되고 싶은지 물어봐 주기를 기다린다. 그러면 부끄럽긴 해도 자신이 꿈꾸는 책방에 대해 조금은 말할 수 있을 것 같다.

그러나 선생님은 아무것도 묻지 않고 넘어간다.

"모두 잘했다! 그럼 이제 모두 한꺼번에 자기의 꿈을 외쳐 본다. 젖 먹던 힘까지 다해서 큰 소리로! 시작!"

아이들이 한꺼번에 자기 꿈을 외쳐대는 바람에 나뭇가지에 앉아 있던 새들은 또다시 깜짝 놀라며 날아오른다.

'후유, 겨우 지나갔다. 살았다.'

리나는 가슴을 쓸어내린다. 그런데도 마음속에는 하지 못한 말이 목에 걸린 음식처럼 계속 걸려 있다.

'나한테도 물어봐 주지, 선생님은, 참.'

리나는 뜻밖에도 조금 서운하다. 다른 때 같았으면 어떻게든 아무것도 물어봐 주지 않기만을 바랐을 텐데.

가재야, 얼른 달아나!

목청 틔우기 훈련보다 더 괴로운 자유 놀이 시간이 시작되었다.

"자, 이제 기다리던 물놀이 시간이다! 저기 쳐 놓은 끈만 벗어나지 말고 마음대로 놀도록!"

선생님의 말에 아이들은 당장 물을 철퍼덕철퍼덕 튕겨대며 놀기 시작한다.

하지만 리나는 혼자 어쩔 줄을 모른다. 물 밖으로 나가 숲속

에라도 들어가면 좋을 텐데 끈이 처진 물 바깥으로는 나갈 수
도 없다.

리나는 가재라도 찾는 척 바위틈 사이를 괜히 들춰 보며 돌
아다닌다. 그때, 누가 등을 탁 친다.

"야, 최나리!"

깜짝 놀라 돌아보니 장호다.

"야, 최나리! 너, 왜 이렇게 이상해졌어? 너, 나리 맞아?"

리나는 얼굴이 하얘진다. 장호는 나리 언니랑 같은 반인가
보다. 리나는 가까스로 나리 언니인 척 말한다.

"왜…… 왜 뭐가 이상해?"

"이상해. 하여튼 이상해. 너 같지가 않아. 뭘 잘못 먹었어?
왈가닥이 얌전을 빼지 않나, 거기다 뭐? 네 꿈이 책방 주인이
라고? 야, 나, 진짜 웃겨서 죽는 줄 알았어."

리나는 머릿속으로 얼른 언니의 꿈을 더듬어 본다.

'맞다. 언니의 꿈은 세상이 다 아는데! 내가 왜 그 생각을 못
했지? 언니의 꿈은 이소연 같은 우주인이 되는 건데!'

로켓을 타고 우주로 날아가는 게 언니의 꿈이었다.

'아까 언니 꿈을 말하면 간단했는데. 내가 나리 언니란 걸 깜빡 잊었어.'

리나는 조금 여유를 찾아서 태연히 말한다.

"뭐가? 달나라에 가서 책방을 차릴 거라고! 선생님이 안 물어봐서 설명을 못 했지."

자기도 모르게 언니 말투까지 저절로 나온다. 장호도 그제야 큰 소리로 웃는다.

"하하하, 그런 거였어? 그럼 그렇지. 이제야 너답다. 근데 너 여기 와서 왜 이렇게 얌전을 빼? 소리도 작게 내고. 너, 좋아하는 애가 여기 왔어? 아닌데, 승우는 미술 캠프 갔는데!"

하여튼 모든 걸 다 말하고 다니는 언니한테는 두 손 두 발 다 들겠다. 장호랑 얼마나 친한지는 몰라도 승우를 짝사랑하는 것까지 다 알고 있다니!

"응. 그게 말이야. 여기서 다른 애를 찾아냈거든. 그러니까 내가 왈가닥이란 건 비밀로 해 줘."

장호는 뭐가 좋은지 싱글벙글하며 당장 소곤소곤 말한다.

"응, 응. 사나이 목숨을 걸고 비밀은 지킨다. 근데 누군지 정말 궁금하네. 승우보다 잘난 애가 있단 말이야? 혹시 나한테 갑자기 반한 거야? 킥킥."

리나는 눈만 살짝 흘겨 준다. 사실 이럴 때 언니는 머리를 주먹으로 탁 때리는데, 그것만은 금방 흉내 낼 수가 없다. 그래도 이만큼이라도 흉내 내는 게 어딘가?

"근데 너, 가재 잡고 있었어?"

장호의 말에 리나는 얼른 고개를 끄떡인다.

"에잇, 살짝 다가가서 바위를 확 젖혀야지. 그래서는 못 잡아. 내가 잡아 줄게. 잘 봐."

장호는 앞장서서 가재를 찾아다니기 시작한다. 리나는 속으로 '가재야, 빨리 도망가라.' 외치면서 장호를 쫓아다닌다. 가재가 진짜로 잡힐까 봐 걱정은 되지만 혼자 멀뚱히 있지 않게 되어 마음이 탁 놓인다.

"저기 있다!"

장호가 소리친다. 바위 밑으로 가재가 스르르 들어가는 게 보인다. 장호가 바위를 들추며 가재를 잡으려는 순간, 리나는 얼른 넘어지는 척 바위를 몸으로 덮는다. 물론 가재는 재빨리 달아났다.

"야, 너, 뭐야? 다 잡은 가재 놓쳤잖아?"

"미안, 미안! 정말 미안해. 잘못해서 넘어졌어."

말은 그렇게 했지만, 마음속으로는 다행스럽다. 왜냐하면 도망쳐 오는 아빠 가재를 아기 가재들이 만세를 부르며 맞아들이는 장면이 떠올랐으니까.

리나는 어쩐지 그 가재가 아빠 가재처럼 여겨졌다. 하마터면 아기 가재들이 장호 때문에 아빠를 잃어버릴 뻔했는데 구해 준 것만 같아 마음이 뿌듯하다.

물놀이까지 하고 나자 점심도 못 먹은 리나는 배가 너무 고파 온몸이 오그라들 것 같다. 그래서 저녁밥을 가득 받아 정신없이 먹는다.

장호는 자기 친구들이랑 밥 먹으러 가 버렸다. 리나는 허겁
지겁 먹느라고 혼자 먹으면서도 어색할 틈이 없다. 다행이라
면 다행이다.

하지만 밤이 되어 조별로 방에 들어가게 되자 리나는 다시
안절부절못했다. 자리를 편 다음 선생님은 방마다 다니며 불
을 껐다.

"내일 아침에는 7시 기상이야. 다들 수다 떨지 말고 일찍 자
도록!"

선생님은 그렇게 말했지만, 불이 꺼진 깜깜한 방에서도 자
는 아이들은 없다. 어느새 친해졌는지 아이들은 속닥속닥 수
다를 떠느라 정신이 없다.

"걔 있잖아, 빨간 머리띠 한 애. 그래, 양민희란 애, 어쩜 그
렇게 왕재수니? 자기가 무슨 공주마마야? 예쁜 척은 혼자 다
하더라."

"슬비는 어떻고! 걔가 신은 뽀로로 양말 봤어? 엄지발가락
에 구멍이 났어, 구멍! 하하하!"

뭐가 웃긴 건지 리나로선 알 수가 없지만, 아이들은 자기들끼리 숨죽여 웃어대고, 욕하고, 한참이나 수다를 떤다. 리나만 혼자 구석에 누워 자는 척할 뿐이다.

　　'내가 여기 없었다면 저 애들은 내 흉도 실컷 봤겠지? 얼마나 흉볼 게 많았을까?'

　　그런 생각을 하자 또 속이 상해서 리나는 얼른 생각을 돌린다.

　　'엄마는 뭐할까? 우리가 이렇게 캠프를 바꿔서 간 줄 알면 진짜 놀랄 텐데.'

　　엄마가 보고 싶어 눈물이 난다. 훌쩍거리는 소리가 들리지 않게 리나는 이불을 폭 뒤집어쓴다.

아이들은 훈련받느라 힘이 들었던지 얼마 지나지 않아 다들 잠이 든다. 리나는 눈만 말똥말똥할 뿐 잠이 들지 않는다. 오늘은 너무 힘든 날이었다.

'언니는 승우랑 잘 지내나?'

미술 시간을 주사 맞는 것만큼 싫어하는 나리 언니이기에 미술 캠프가 쉽지만은 않을 것이다.

'그래도 뭐, 나리 언니 같으면 없는 그림 실력으로도 잘만 지낼 거야. 언니가 기죽는 일은 한 번도 본 적이 없으니까. 거기다 좋아하는 승우가 있으니 얼마나 신나겠어? 승우랑 얘기라도 해 봤을까?'

그렇게 리나가 뒤척거리며 잠들지 못하고 있는데, 갑자기 바깥에서 쏴쏴, 비 쏟아지는 소리가 들려온다.

리나는 기분이 좋아진다. 원래도 빗소리를 좋아하는 데다 빗소리를 들으니 아늑한 자기 방에 누워 있는 것 같은 착각이 들어 마음도 놓인다. 그래서인지 리나도 어느새 새근새근 잠이 든다.

리나, 폭우를 만나다

"기상! 기상! 당장 짐 챙겨서 강당으로 모인다!"

갑자기 문이 벌컥 열리며 선생님들의 다급한 목소리가 들려온다. 아무리 웅변 캠프지만, 그 목소리가 어찌나 큰지 꼭 무슨 일이 일어난 것만 같다.

'벌써 7시인가?'

리나는 졸린 눈을 비비며 창밖을 본다.

빗소리가 아직도 거세다. 비가 많이 와서인지 밖은 깜깜해서 아침인지 밤인지 구별조차 안 된다.

다른 아이들도 아직 잠결이라 겨우 일어나 눈만 비비는데, 선생님들이 방마다 다시 들어와 아이들을 재촉한다.

"자, 당장 짐 챙겨서 강당으로 집합한다! 얘들아, 급해! 다들 얼른 움직여!"

선생님들 목소리가 평소 때와 다르다. 아이들도 분위기가 심상치 않다고 느꼈는지 자리에서 벌떡 일어나 짐을 챙긴다. 리나도 잠이 확 달아났다.

모두 부랴부랴 옷을 갈아입고 배낭까지 메고 강당으로 모인다.

비가 어찌나 쏟아지는지 온 세상을 집어삼킬 것만 같다. 대체 무슨 일일까.

"정말 홍수 난 거 아니야? 난 몰라!"

정미가 울상이 되어 모두 걱정하는 일을 입 밖으로 내뱉자 여기저기서 웅성거리는 소리가 들린다. 정미는 어제 가장 큰 목소리로 대답해서 칭찬을 많이 받았던 아이였다.

리나도 가슴이 두근거리고, 겁이 덜컥 난다.

아이들이 모이자 선생님이 마이크를 잡고 말하기 시작한다.

"지금 비가 너무 많이 와서 이곳이 잠길 위험이 있다. 그래서 저 위쪽에 있는 안전한 산장으로 옮겨 갈 거니까 모두 비옷을 입고 각 반 선생님들 지시대로 움직인다! 절대로 떠들거나 장난을 치면 안 된다!"

아이들은 모두 겁에 질린 얼굴이다. 리나 옆에 서 있던 정미는 기어이 훌쩍이고 만다.

아이들은 노란 비옷을 걸치고, 손을 꼭 잡은 채 선생님들의 뒤를 따라 산길을 올라간다.

하늘에 구멍이라도 난 듯 비가 쏟아지고 있어서 비옷은 사실 아무 소용도 없다. 아이들은 꼭 물에 빠진 새끼 고양이들 같다.

얼마나 올라갔을까.

"정지!"

선생님 말에 아이들은 걸음을 멈춘다.

계곡물이 엄청나게 쏟아져 흐른다.

그 위로 희미하게 빛나는 긴 다리가 보인다.

쇠로 만들어졌지만, 폭이 아주 좁은 데다 틈이 많아서 얼기

설기 엮은 바구니 같다. 폭포처럼 콸콸 쏟아져 흐르는 물은

금방이라도 그 다리를 집어삼킬 듯하다.

"설마 저 다리를 건너는 건 아니겠지?"

정미가 소곤거리는데, 리나는 그 말을 듣는 것만으로도 다리가 후들거린다. 저렇게 많은 물이 흐르는 건 태어나서 처음 본다. 물소리 때문에 귀가 먹먹하다.

그런데 왜 하필이면 다리 앞에서 멈춘 걸까. 길은 두 개뿐이었다. 다리를 건너든가, 산으로 올라가든가.

'분명히 산으로 올라갈 거야. 더 올라가면 산장이 있을 거야. 제발, 하느님, 저 다리만은 건너지 않게 해 주세요!'

리나는 마음속으로 빌고 또 빈다. 그때 선생님이 확성기에 대고 큰 소리로 외친다.

"여러분!"

보통 때 같으면 대답 소리가 우렁차게 퍼졌을 텐데, 아이들은 입을 꾹 다문 채 겁에 질려 바들바들 떨기만 한다.

조용해지자 물소리가 더욱 크게 들린다. 리나의 기도를 들은 것처럼 선생님 입에서 걱정하던 얘기가 튀어나온다.

"여러분, 이제 이 다리만 건너면 된다! 이 다리를 건너면 바로 저쪽에 산장이 있다. 거기만 가면 모두 쉴 수 있다. 그곳에서 기다리다가 비가 그치면 구조 요원들이 여러분을 데리러 와 줄 거다. 이 다리는 튼튼하고 안전하다. 선생님이 한 명씩 손을 잡고 건네줄 거니까 여러분은 선생님만 따라오면 된다! 자, 맨 앞줄부터 차례로 간다!"

"우우!"

선생님 말이 끝나자 아이들은 누가 시킨 듯이 모두 한목소리로 소리를 지른다. 아이들이 웅변 캠프에 와서 질러댔던 어떤 소리보다도 큰 소리다. 리나까지도 어디서 그런 소리가 나오는지 엄청나게 큰 소리를 지른다.

다리 아래로 콸콸 흐르는 물은 보기만 해도 아찔하다. 그 위에 길게 걸쳐진 다리를 어떻게 건너란 말인가. 상상도 할 수 없다. 그 순간 아이들 마음은 똑같다.

누가 먼저랄 것도 없이 정미와 리나는 손을 꼭 움켜쥔다. 리나는 이제 몸 전체가 후들후들 떨린다. 정미 역시 새파랗게 질려서 두 아이는 잡은 손에 힘을 준 채 벌벌 떨고만 있다.

그때 행렬 앞에서 무언가 실랑이가 벌어진다. 소리는 잘 들리지 않지만, 맨 앞의 아이가 다리를 건너려 하지 않는 게 분명하다.

선생님이 손을 잡고 애걸하지만, 아이는 도살장에 끌려가는 소처럼 뒷걸음질만 친다. 선생님은 곧 그 아이를 품에 안은 채 달래 주지만, 남은 아이들마저 모두 훌쩍이기 시작한다. 정미는 아예 울음을 터뜨린다.

"엄마, 엄마!"

정미는 이제 엄마까지 부르며 아기같이 운다. 정미의 울음에 아이들은 기다렸다는 듯이 너도나도 큰 소리로 엄마를 부르며 울어대기 시작한다. 울음소리에 빗소리까지 들리지 않을 정도다.

그런데 막상 리나는 다른 아이들처럼 울지 않는다. 무섭지 않아서가 아니라 너무 겁이 나서 울음조차 나오지 않는다. 온몸이 하도 떨려서 리나는 자기 몸이 오히려 겁날 지경이다.

아이들 울음소리에 당황한 선생님은 허둥지둥 확성기를 들고 큰 소리로 말한다.

"선생님 손을 잡고 건너는 거야. 좀 무섭겠지만 건너야만 해. 산장에 가야 안전하니까. 다리는 아주 튼튼해. 겁나는 마음만 이겨내면 돼. 여러분은 웅변 캠프에 온 씩씩하고 용감한 학생들이잖아? 자, 선생님과 함께 맨 처음 다리를 건널 사람!"

그토록 씩씩하던 아이들은 다 어디로 갔는지 울음소리만 높아질 뿐 손을 드는 아이는 하나도 없다. 리나도 겁에 질린 채 다리와 물을 바라본다.

거세게 쏟아져 흐르는 계곡물은 입을 커다랗게 벌린 괴물처럼 보인다. 희미하게 빛나는 다리는 끝없이 길게만 느껴진다.

두근거리던 가슴이 이제는 쿵쾅쿵쾅 큰북처럼 울린다. 죽었다 깨도 저 다리를 건널 수는 없을 것 같다.

하지만 다리를 건너야만 한다는 건 리나도 안다. 저 다리를 건너야 구출될 수 있다. 그래야 엄마 아빠도 만나고, 미운 언니도 만날 수 있다.

그 생각을 하자 리나의 눈에서 뜨거운 눈물이 흐른다. 빗물과 눈물이 섞여서 흐른다. 엄마가 너무너무 보고 싶다.

'아, 나리 언니가 지금 여기 있다면, 언니는 분명 겁내지 않고 저길 건널 텐데!'

아이들의 울음소리는 이제 걷잡을 수 없이 커진다. 선생님은 강제로라도 아이들을 안고 건너려고 하지만, 아이들은 바락바락 악을 쓰고 발버둥을 친다.

선생님들도 몹시 당황해서 어쩔 줄 모른다. 정말 큰일이 났다!

"다들 조금만 용기를 내! 저 다리는 조금도 위험하지 않아! 오히려 여기 있다가는 전부 물에 휩쓸려 갈지도 모른다고! 자, 선생님 손을 잡고 건너면 안전하니까 한 사람씩 건너가자! 누가 먼저 건너갈까? 한 친구만 먼저 건너가면 다른 친구들도 따라서 용기를 낼 수 있을 거야! 자, 누가 선생님이랑 함께 저 다리를 건너갈래?"

아무도 나서지 않는다. 콸콸 흐르는 게 아니라 우르릉거리며 쏟아지는 계곡물을 보면 발이 저절로 땅에 붙어 버린다.

'언니라면 이럴 때 손을 들고 앞장섰을 텐데. 그래서 우리 모두에게 용기를 줬을 텐데!'

리나는 자꾸만 나리 언니 생각이 난다.

'언니가 왔어야 하는데……. 괜히 겁쟁이인 내가 대신 와서

이렇게 꼼짝도 못 하고 있어.'

  그렇게 생각하자 리나는 다른 친구들에게 미안한 마음이 든다. 누구든 한 사람만 건너면 다른 아이들도 용기를 얻을 거라는 선생님 말에 리나는 점점 애가 탄다.

  '나리 언니가 왔어야 했는데, 나리 언니가, 내가 아니라……'

선생님, 제가 갈게요!

선생님이 다시 애걸하듯 말한다.

"얘들아, 힘을 내! 용기를 내! 이렇게 있다가는 모두 폭우에 휩쓸려 간단 말이야! 얼른 다리를 건너야만 해!"

그때 정미가 리나의 손을 아프도록 꽉 움켜쥐며 말한다.

"우리 어떻게 해? 무서워 죽겠어! 여기 있다가 다 죽는 거야? 어떻게 해, 나리야?"

그 소리에 리나는 정신이 번쩍 든다.

'그래, 여기서 나는 나리였지. 겁쟁이 리나가 아니고, 용감한 나리. 그래, 나는 나리야, 최나리! 너답게 힘을 내, 나리야, 너라면 할 수 있어!'

리나는 정미를 꼭 안아 준다. 정미가 부들부들 떠니까 오히려 리나는 차분히 마음이 가라앉는다. 리나는 정미를 안고 등을 두드려 주다가 자기도 모르게 불쑥 말하고 만다.

“내가 먼저 갈게. 정미야, 내가 가면 너도 따라와!”

정미가 눈이 둥그레져서 리나를 바라본다. 리나도 자신의 말에 깜짝 놀란다. 왜 그런 말이 불쑥 나온 걸까? 부들부들 떠는 정미에게 힘을 주고 싶어서 얼결에 그런 말이 나온 걸까?

‘어쩌면 좋지?’

그런 말을 한 자신이 어이없다. 저 다리를 도대체 어떻게 건넌단 말인가. 나처럼 겁 많은 아이가.

하지만 리나는 차마 그 말이 잘못 나온 말이라는 걸 고백할 수가 없다.

리나는 정미에게서 몸을 뗐다. 부끄럽다. 정미가 뚫어져라 자신을 보는 눈길이 느껴져 그쪽으로는 얼굴을 돌릴 수 없다. 그래도 할 수 없는 일이다.

'절대로 못 해. 내가 어떻게 저길 건너? 말도 안 돼!'

너무 부끄러워서인지 떨리던 몸이 조금 가라앉는다. 그러자 마음이 차분해지면서 마음 한구석에서는 또 다른 생각이 솟아나기 시작한다.

'언니라면 분명 아무렇지도 않게 저 다리를 건넜을 텐데. 안전하대잖아? 선생님 손을 잡고 건너는 거야. 난 언니랑 유전자가 똑같은 쌍둥이라고! 그래, 나리 언니가 한다면 나라고 못할 건 없잖아?'

하지만 아무리 언니인 척해 봐도 발이 떨어지지 않는다. 비는 더 쏟아진다. 하늘에서 양동이로 물을 쫙쫙 퍼붓는 것만 같다.

선생님이 다시 다급하게 외친다. 이제는 선생님까지 울음을 터뜨릴 것만 같다.

“얘들아, 여기 이렇게 있다가는 우리 모두 다 죽어! 이 물을 봐! 이 물이 넘치면 우린 모두 쓸려가고 말아! 빨리 다리를 건너야만 해! 얼른!”

아이들이 비명을 지른다. 리나의 머릿속에는 벌써 물이 넘쳐 아이들을 휩쓸고 가는 장면이 환하게 그려진다.

물속 바위에 마구 부딪히며 흘러가는 자신의 모습도 보인다. 등골에 소름이 쫙 돋는다.

‘안 돼! 그럴 수는 없어. 언니, 제발 나에게 용기를 줘! 나는 나리 언니 쌍둥이야. 내 속에도 언니를 닮은 용기가 있을 거야. 물에 휩쓸려 가는 건 안 돼! 그건 너무 무서워. 그건 다리를 건너는 것보다 더 무서워. 도망쳐야 해!’

그 생각을 하자 리나는 자기도 모르게 손을 번쩍 들며 큰 소리로 외친다.

"선생님, 제가 갈게요!"

선생님 눈이 커다래진다. 대답도 큰 소리로 못하고 울음이나 터뜨리던 아이가 손을 들다니!

리나는 아이들을 헤치고 선생님 앞으로 나간다. 아이들은 물이 갈라지듯 길을 쫙 내준다.

'여기 있는 게 더 무서워. 여기서 도망쳐야만 해!'

리나는 계속 그 생각만 한다.

"나리야, 고맙다!"

선생님은 리나를 꼭 안아 주며 말한다.

"겁내지 마. 선생님 손만 꼭 잡고 가면 돼. 저기가 운동장이라고 생각하고, 그냥 앞만 똑바로 보고 가면 되는 거야. 한 발 한 발, 그렇게 가면 돼, 알았지?"

리나는 가만히 고개를 끄떡인다. 울던 아이들이 단번에 울음을 뚝 그친 채 리나와 선생님을 바라본다. 선생님은 리나의 손을 잡고 큰 소리로 외친다.

"선생님과 함께 구령을 붙여가며 걸어가자. 자, 시작!"

선생님과 리나는 큰 소리로 "하나둘! 하나둘!"을 외치며 다리 위로 올라선다.

순간 눈앞이 캄캄해지고, 발길이 안 떨어진다. 하지만 리나는 눈을 질끈 감는다. 아래를 봐서는 안 된다. 그냥 선생님 손을 잡고 앞으로 한 발씩, 한 발씩 앞으로 가기만 하면 된다.

'여기 있는 게 더 무서워. 여기서 도망쳐야만 해. 그리고 나

는 나리야, 나는 최나리, 용감한 최나리, 이 까짓것 안 무서워, 나는 나리니까.'

리나는 앞만 바라보며 선생님 손을 잡고 걸어 나간다.

'벌써 다리 위에 올라왔어. 내가 해냈어, 내가 다리 위로 올라온 거야. 이제는 앞으로 한 발씩만 가는 거야. 한 발, 한 발.'

리나는 끊임없이 자기 자신에게 말하며 걸어간다. 아이들은 모두 숨죽인 채 리나와 선생님을 바라본다.

입으로는 "하나둘! 하나둘!" 선생님을 따라 구령을 외치면서 리나는 속으로 생각한다.

'여기는 학교 운동장이야. 지금은 비가 쏟아지고, 나는 교문까지 걸어가는 거야. 교문에 가면 엄마가 우산을 들고 기다리고 있을 거야.'

그렇게 생각하니 훨씬 마음이 편해진다. 다리를 건너면 정말 엄마가 기다리고 있을 것만 같다. 아, 그렇다면 얼마나 좋을까.

그러자 엄마가 옆에 와 있는 기분이 든다. 엄마는 겁쟁이 리나가 조금이라도 용기를 내면 늘 격려해 주었다. 엄마 목소리가 귀에서 들려오는 것만 같다.

'옳지, 우리 리나! 우리 리나가 어렵게 용기를 냈구나!'

리나는 나중에 집에 돌아가 엄마 앞에서 이 놀라운 모험 얘기를 하는 자신의 모습을 그려 본다.

'세상에, 세상에! 정말 우리 리나가 그랬단 말이야?'

엄마는 소리치며 놀라워할 거다.

엄마의 눈에서 눈물이 반짝반짝 빛나는 것까지 보인다. 엄마는 살아 돌아온 리나를, 거짓말처럼 용감했던 리나를 꼭 껴안아 줄 것이다.

그런 생각을 하느라고 리나는 빗속에서 다리 위를 걷고 있는 자신을 잠시 잊는다. 앞만 똑바로 본 채, 선생님 손을 꼭 잡고, 입으로는 구령을 외치면서도 머릿속으로는 또 다른 상상을 한다.

'여기는 비의 나라야. 나는 태양 나라 공주고. 나는 비의 나라에 잡혀갔다가 나한테 반한 비의 나라 왕자님과 함께 탈출

하는 거야.'

지금 리나는 비가 쏟아지는 비의 나라를 왕자님 손을 잡고 탈출하고 있다. 선생님은 어느새 멋진 왕자님이 된다. 리나는 아름다운 공주! 노란 비옷이 아니라 노랗고 화려한 드레스를 입고 있는 거다.

'아, 왕자님, 무서워요. 비가 너무 많이 와요.'

'공주, 걱정하지 마오. 내가 그대를 반드시 구해낼 것이오. 나만 믿고 따라오면 된다오. 그럴 수 있소?'

'그럼요, 그럴 수 있고말고요! 저는 왕자님을 믿어요. 왕자님, 힘내세요!'

리나의 머릿속에서는 공주와 왕자의 대화까지 이루어진다. 리나는 잠시 현실을 잊는다. 이곳은 비의 나라다.

선생님은 키가 커서 진짜 멋진 왕자님 같다. 리나는 선생님 손을 더 힘주어 잡는다. 선생님도 잡은 손에 더욱 힘을 준다.

'아, 든든한 왕자님! 고마워요.'

리나는 용감한 공주답게 더 씩씩하게 구령을 붙인다. 앞이 보이지 않게 쏟아지는 비의 장막 덕분에 아무것도 보이지 않는 게 오히려 상상의 나라에 빠지기 좋다.

"하나둘! 하나둘! 우리 나리, 정말 용감하구나!"

선생님의 말에 리나는 속으로 생각한다.

'전 나리가 아니라 리나예요. 겁쟁이 리나요. 겁쟁이 리나가 이렇게 가고 있는 거예요!'

모든 일에 끝이 있다는 건 얼마나 기쁜 일인지. 끝날 것 같지 않던 다리도 마침내 끝에 다다른다. 기다리고 있던 아저씨, 아주머니들이 환성을 지르며 우르르 몰려든다.

"아이코, 어서들 오세요!"

산장 아저씨와 아주머니랑 산장에 묵던 사람들이다. 산장 아저씨가 선생님과 리나에게 커다란 우산을 씌워 주며 말한다.

"잘 해냈어요, 꼬마 아가씨! 세상에서 가장 용감한 꼬마 아가씨!"

아저씨는 리나를 향해 엄지손가락을 치켜들며 칭찬해 준다. 마음씨 좋아 보이는 산장 아주머니가 얼른 달려와 리나를 꼭 안아 주며 말한다.

"아이고, 어린것이 장하기도 하지! 춥지? 얼른 몸 닦고 이걸 마셔!"

아주머니는 커다란 수건으로 리나를 감싸 준 뒤 보온병에 담긴 따끈한 코코아차를 따라 준다.

아, 그 코코아차의 맛이란! 리나는 맹세코 세상에 태어나서 이렇게 맛있는 차는 먹어 본 적이 없다. 차가워진 온몸으로 뜨거운 빗물이 흘러들어간 것만 같다.

선생님이 리나 옆으로 오더니 다리를 가리키며 말한다.

"나리야, 정말 잘했다! 자, 네가 해낸 일을 보렴!"

선생님 손길을 따라 다리를 바라보던 리나는 심장이 딱 멎는 줄 알았다. 다리 위로 노란 비옷을 입은 아이들이 선생님 손을 잡고 줄을 지어 건너온다. 그 모습을 보니 코끝이 시큰거린다.

"자, 선생님도 도와주러 다녀올게. 넌 여기서 기다리고 있어. 우리 용감한 꼬마 아가씨!"

리나는 진짜 용감한 아가씨답게 활짝 웃는다.

줄줄이 늘어선 채 선생님과 함께 다리를 건너오는 아이들을 보자 리나는 자꾸만 가슴이 벅차오른다.

'정말로 아이들이 나를 보고 용기를 얻은 걸까?'

리나는 그 사실이 잘 믿어지지 않는다. 리나는 마음속으로 언니에게 말한다.

'언니, 고마워! 언니 덕분에 용기를 냈어.'

하지만 그게 전부가 아니란 건 누구보다도 리나 자신이 잘 안다.

'나도 생각보다는 용감하더라고.'

　언니 때문에 용기를 낼 수 있었지만, 저 다리를 건널 수 있었던 데에는 최리나, 자신의 힘도 분명 있었다. 사실은 더 무서운 걸 피해 도망친 것이지만, 그래도 저 무서운 다리 위에서 리나는 두려움을 이겨냈다. 엄마를 상상했건 비의 나라 공주님을 상상했건 말이다.

　'나도 알고 보면 겁쟁이만은 아닌가 봐. 내 속에는 용감한 아가씨도 들어 있었어.'

그때 다리를 막 건넌 정미가 달려온다.

"나리야! 나야! 나도 건넜어!"

두 아이는 얼싸안고 엉엉 울면서 팔짝팔짝 뛴다. 뒤따라온 아이들도 두 아이에게 엉겨 붙어 다들 껴안고 팔짝팔짝 뛴다.

하늘에서 누군가 보았다면 빗속에 노랗고 커다란 꽃송이가 활짝 피어난 줄 알았을 것이다.

"자, 자, 이제 그만! 다들 건너왔으니 이제 산장으로 간다. 모두 출발!"

선생님이 달려와 아이들을 떼어 놓을 때까지 노란 비옷을 입은 아이들은 그렇게 계속 팔짝팔짝 뛰었다.

"하나둘! 하나둘!"

선생님의 구령에 맞춰 산장으로 가는 아이들의 발걸음은 이제 소풍에라도 나선 것처럼 씩씩하다.

리나의 구령 소리는 여전히 다른 아이들보다 훨씬 작아 빗소리에 들리지도 않는다. 그래도 리나는 부끄럽지 않다.

리나는 겁쟁이 리나이기도 하지만, 용감한 리나이기도 하니까. 그동안은 겁쟁이 아가씨로만 살았지만, 앞으로는 용감한 아가씨로도 살 테니까.

'겁쟁이 꼬마 아가씨도 친구가 생겨 좋지? 그것도 용감한 친구니 얼마나 좋아?'

리나는 인형처럼 조그만 두 아가씨가 자기 몸 안에서 사는 것만 같아 즐겁다. 어쩌면 훨씬 더 많은 아가씨가 우글거리고 있을지도 모른다. 그런 생각만으로도 즐겁다.

그러다 리나는 자기도 모르게 중얼거린다.

"나리 언니, 고마워! 웅변 캠프에 오길 잘했어! 한 번쯤은 말이야!"